Franz Hohler

Das verspeiste Buch

Franz Hohler

Das verspeiste Buch

Eine Geschichte

Mit Bildern
von Hans Traxler

Sammlung Luchterhand

Mix
Produktgruppe aus vorbildlich bewirtschafte
Wäldern und Recyclingholz oder -fasern
FSC
www.fsc.org Zert.-Nr. SGS-COC-004278
© 1996 Forest Stewardship Council

Verlagsgruppe Random House FSC-DEU-0100
Das für dieses Buch verwendete FSC-zertifizierte Papier
Arctic Volume Ivory liefert Arctic Paper Håfreströms AB, Schweden.

2. Auflage
»Das verspeiste Buch« erschien 1996 bei Schöffling & Co
Verlagsbuchhandlung GmbH, Frankfurt am Main.

Satz: Uhl + Massopust, Aalen
Druck und Einband: Těšínská Tiskárna a.s., Ceský Těšín
Printed in the Czech Republic
ISBN 978-3-630-62147-0

www.luchterhand-literaturverlag.de

Das verspeiste Buch

Erstes Kapitel

Diese Geschichte begann damit, dass mein Urgroßvater, den ich selbst noch gekannt habe, einmal nach Basel reiste. Er wohnte in einem Dorf am Rhein, fürchtete aber das Wasser Zeit seines Lebens. Eine meiner wenigen Erinnerungen an ihn ist die an seinen Besuch bei uns in Olten, wo wir damals zu Hause waren. Wir machten einen kleinen Spaziergang, wir, das wird wohl noch mein Vater gewesen sein, meine Mutter allenfalls, vielleicht auch meine Großmutter, also die Tochter meines Urgroßvaters, aber sicher war ich dabei, denn als wir zur Gäubrücke kamen, welche über die Aare führt und welche aus zwei Brücken besteht, einer Eisenbahnbrücke und, auf denselben Pfeilern weiter unten ruhend, einer schmalen Fußgängerbrücke, einem Fußgängersteg fast, der eigentlich schon bedrohlich tief über dem

stark strömenden Fluss steht, als wir zu dieser Brücke kamen und es klar wurde, dass wir da hinübermussten, weil wir auf dem Hinweg über eine breitere Brücke gegangen waren und uns nun auf dem Heimweg befanden, als meinem Urgroßvater die Unausweichlichkeit dieser Stegüberquerung, die in seinen Augen eher einer Flussbegehung gleichkommen musste, deutlich geworden war, sagte er zu mir: »Chumm Büebli, gimmer d Hand.« Ich reichte ihm meine kleine Kinderhand, welche er mit seiner ledrigen, runzligen Altmännerhand fest umschloss, und an diesen Gang erinnere ich mich noch heute, es muss dem Achtzigjährigen ein wirklicher Trost gewesen sein, von einem Vierjährigen über die Brücke geführt zu werden.

Aber die Geschichte mit der Reise nach Basel spielte sich viel früher ab, als mein Urgroßvater noch jung war, also im vorletzten Jahrhundert, und erzählt hat sie mir meine Großmutter, und genaugenommen bin ich nicht einmal sicher, ob es wirklich mein Urgroßvater war, der da nach Basel gereist war,

oder nicht etwa sein Nachbar, aber das spielt für Sie, die Sie das lesen, ja auch nicht die geringste Rolle, da Sie kaum zu den wenigen Menschen gehören dürften, die meinen Urgroßvater wirklich gekannt haben, aber sicher spielte sie sich in dem Dorf oder ausgehend von dem Dorf ab, in dem mein Urgroßvater wohnte, und damit können wir endlich die Reise nach Basel antreten, und zwar treten wir sie mit meinem Urgroßvater an, ich entscheide mich also dafür, dass die Hauptperson der Geschichte vom verspeisten Buch mein Urgroßvater war, das erleichtert mir die Vorstellung vom Ganzen, ich sehe ihn dann vor mir, wie er sich auf den Weg macht – allerdings muss ich ihn mir dann jung und sehnig vorstellen, und nicht alt und schrumpflig, wie ich ihn gekannt habe, aber da steht er, ein Kleinbauer, Gastwirt und Gemeindeschreiber des vorletzten Jahrhunderts, in seinem besseren Anzug, er hat seinen Sonntagsstock mit dem silbernen Knauf dabei und hebt zum Abschied kurz die Hand, seine Frau steht unter der Türe, mit mei-

ner Großmutter auf dem Arm, die man sich natürlich auch noch nicht als Großmutter vorstellen darf, sondern als zwei- oder dreijähriges Kind.

Der Urgroßvater machte sich nun also mit kräftigen Schritten auf nach Basel, wo er die Herbstmesse besuchen wollte. Das tat er jedes Jahr, und er bestand darauf, allein hinzugehen, obwohl das auch ein möglicher Familienausflug gewesen wäre, oder ein Gesangvereinsvergnügen, mehrstündige Fußmärsche zu solchen Anlässen waren damals nichts Außergewöhnliches. Aber er muss ein großer Eigenbrötler gewesen sein und wollte diesen Tag für sich haben.

So lassen wir ihn also ziehen, einer verwickelten und verzwickten Geschichte entgegen, von der er bei seinem Aufbruch noch nichts ahnt, die ihm aber noch selbigen Tags in der großen Stadt am Rheinknie zustoßen wird.

Zweites Kapitel

Den Weg kannte er, er führte durch mehrere Dörfer, eines hieß Mumpf, Möhlin ein weiteres, Kaiseraugst und Schweizerhalle hießen andere, mit deren Namen damals weder drohende Kühltürme noch schwelende Chemielagerhallen verbunden waren, sondern der »Adler« mit dem einen und der »Ochsen« mit dem anderen, und da der Herbsttag wolkenlos und warm war, musste mein Urgroßvater mehr als einmal einkehren und einen Zweier Weißwein trinken, und im »Ochsen« in Schweizerhalle kam ein Speckteller dazu, denn da war es zwölf Uhr, und er war vier Stunden unterwegs.

Nach dem Imbiss blieb ihm noch eine Stunde Weges, für die er sich etwas zusammennehmen musste, aber dann war er in Basel und wurde wieder munter, als er zwischen den Ständen der Herbstmesse durch-

ging und sich anschaute, was es alles zu kaufen gab, Hemden, Kragen, Gürtel, Lederzeug, Hosenträger, Anzüge, Westen, Gamaschen, Schuhe, Hühneraugenhobel, Rasiersteine, Shag-Pfeifen, Feuerzeuge, Zigarrenscheren, Tabakbeutel, Schüsseln, Gläser, Barometer, Fernrohre, Körbe, Kunstgussfiguren, Haussegen und Glasbilder, Heilmittel und Schleckereien, vom Magenbrot bis zum türkischen Honig, und Karusselle drehten sich, und Leierkastenmänner sangen Balladen von Schiffsuntergängen und Giftmörderinnen, und in der Laterna Magica konnte man Bilder ansehen von der Schlacht der Sioux-Indianer gegen General Custer und vom Eisenbahnunglück in Münchenstein, Wahrsagerinnen priesen sich an, in einem Zelt stellte sich die dicke Bertha zur Schau, ein Anblick, den sich mein Urgroßvater nicht entgehen ließ, wie er überhaupt eher den Schaubuden nachging als den seriösen Käufen, er brauchte ja auch nichts Bestimmtes dieses Jahr, Schuhe hatte er soeben von seinem frisch verstorbenen Onkel erben können, sie waren noch wie neu,

wenn auch um ein Weniges zu knapp, aber die würden sich schon noch ausweiten, gerade nach einem Marsch wie heute, bei dem die Füße etwas anschwollen und das Leder auseinandertrieben. Mit großem Vergnügen schaute er in einem Zelt einem Varietéprogramm zu, in welchem Zauberer und Bodenakrobaten auftraten sowie ein Artist, dessen Kunst darin bestand, dass er immer aufs Neue unheimlich lange Fürze lassen konnte, was das Publikum zu Begeisterungsstürmen hinriss.

An den Schießstand ging er auch und gewann mit zwei Schuss eine Nelke aus Seide und Blumendraht, die er sich ins Knopfloch seines Sonntagsanzugs steckte und seiner Frau nach Hause zu bringen gedachte, ebenso wie einen französischen Nagellack, den er bei einer elsässischen Parfumverkäuferin erstand. Für meine zwei- oder dreijährige Großmutter kaufte er ein Päcklein sogenannter Messmocken, eine spezielle Süßigkeit, eigens zur Messe hergestellt, die es heute noch gibt, und für sich selbst eine lombardische Bartwichse, welche er von einem Händler hatte, dem der

Schnurrbart links und rechts weit über das Gesicht hinausragte.

So verging der Nachmittag wie im Flug, und mein Urgroßvater, der entschlossen war, in derselben Nacht noch nach Hause zurückzukehren, in einer Zeit, in welcher es zwar noch keine Taschenlampen gab und in den Dörfern auch noch keine Straßenbeleuchtung, dafür aber am Datum jenes Messebesuches den Vollmond, mein Urgroßvater also gedachte sich vor seiner Rückwanderung noch einmal zu stärken und betrat, nachdem er die mittlere Rheinbrücke überquert hatte, eine Pinte in Kleinbasel, dem Teil der Stadt, der als weniger edel galt, eine Eigenschaft, die sich, wie mein Urgroßvater wusste, auch in etwas weniger hohen Preisen niederschlug. In der Pinte herrschte ein großes Gedränge, und mit einiger Mühe fand mein Urgroßvater einen Stuhl an einem größeren Tisch, um den sich schon etliche Gäste drückten und Bier tranken, Stumpen rauchten oder einfache Gerichte verzehrten. Über dem Schanktisch hing eine Speisekarte, das heißt, es war eigentlich

eine Speisetafel, auf der in weißen Buchstaben auf schwarzem Grund Namen und Preise der Gerichte angeschrieben waren.

Mein Urgroßvater war ziemlich kurzsichtig und nahm seine Brille aus der Westentasche, um sich einen Überblick über das Angebot zu verschaffen. Nun war aber auch diese Brille ein Erbstück seines frisch verstorbenen Onkels. Seit ihm vor ein paar Jahren seine eigene zerbrochen war – er hatte sie auf die Ofenbank gelegt und überall gesucht, bis er sich schließlich ratlos und verärgert auf ebendiese Ofenbank gesetzt hatte –, seit ihm das passiert war, war er aus einer Art Trotz heraus nicht mehr zum Optiker Stärkle nach Säckingen gegangen, den er der Halsabschneiderei bezichtigte, sondern ging jedesmal, wenn ein Brillenträger im Dorf gestorben war, ins Trauerhaus und fragte, ob die Brille des Toten noch gebraucht werde. So kam er zu seinen Brillen, die zwar meistens nicht genau auf seine Kurzsichtigkeit passten, aber er pflegte zu sagen, die Augen gewöhnten sich schon noch daran, und erst

wenn es klar wurde, dass dies nicht der Fall war, sagte er, die Gläser wollten sich einfach nicht an die Augen gewöhnen, und wartete auf den nächsten Herzschlag eines Kurzsichtigen. Die jetzige Brille hatte er, wie die Schuhe auch, seinem jüngst verstorbenen Onkel abgenommen, und wie die Schuhe, so passte ihm auch die Brille nicht eigentlich, und so sehr er seinen Blick auf die weiße Schrift über dem Schanktisch zu fixieren suchte, die Buchstaben zeigten sich ihm nicht klar, vergrößert und unmissverständlich, sondern hatten ein eigenartiges Flimmern an ihren Rändern, als stünden sie gar nicht still, sondern versuchten von ihrer Tafel wegzulaufen.

Er steckte also seine Brille in die Westentasche und rief durch Lärm und Rauch der Kleinbasler Kneipe nach dem Kellner. Wenn Sie das nächste Kapitel aufschlagen, werden wir den Kellner am Schanktisch den Kopf drehen und ihn mit fragendem Blick auf den ländlichen Gast mit dem fordernden Gesichtsausdruck zugehen lassen.

Drittes Kapitel

Und tatsächlich, der Kellner, nachdem ihn mein Urgroßvater durch seinen Zuruf auf ihn aufmerksam gemacht hatte, ging mit fragendem Blick, indem er ein Tablett mit vollen Bierkrügen für den Nachbartisch auf der rechten Hand balancierte, auf den ländlichen Gast zu, der ihn mit forderndem Gesichtsausdruck anschaute. Was er ihm bringen solle, fragte der Kellner, ein dicker, glatzköpfiger Mann mit einem Walrossschnauz, und mein Urgroßvater, der soeben seine nutzlose Brille wieder abgesetzt hatte, sagte, indem er mit dem Kopf auf die Speisetafel über dem Schanktisch wies, einen Schüblig mit Buchbrot, und was ein Buchbrot genau sei. Diese Frage war der Ausdruck eines gewissen Misstrauens all dem gegenüber, das er nicht kannte. Der Kellner war, und das konnte mein Urgroß-

vater nicht wissen, als Spaßvogel bekannt und antwortete ohne zu zögern, das sei ein Spezialbrot des Hauses. Während er mit einem leichten Grinsen die Bierkrüge auf dem Nachbartisch verteilte, rief ihm mein Urgroßvater fröhlich zu: »Dann her damit!«, und bestellte sich auch ein Bier dazu. Das Bein des großen R hatte sich im Flimmern seines kurzsichtigen Blickes zu einem B gekrümmt, und wichtiger als das Brot war ihm ohnehin der Schüblig – so pflegt man in der Schweiz eine währschafte Wurst zu benennen, und auf diesen Schüblig wartete er nun mit einer gewissen Ungeduld.

Der Kellner aber, der die ganze Nachbarschaft des Urgroßvaters augenzwinkernd darauf hingewiesen hatte, dass hier ein Scherz angezettelt wurde, zog, als er dem Urgroßvater sein Bier brachte, sein Handtuch aus dem Gürtel der Schürze und polierte ihm die Ecke des Tisches blank, an der er saß, bevor er eine große Serviette aus einem Regal nahm, vor dem Gast ausbreitete und dann höchst manierlich Messer und Gabel darauf-

legte, ein Senf- und ein Salzfässchen dazustellte und das Ganze mit einer kleinen, dreieckig gefalteten Serviette krönte, ein Vorgang, den mein Urgroßvater mit verwundertem Wohlgefallen verfolgte.

Das habe er für sein Gulasch nicht bekommen, maulte einer vom Nachbartisch, worauf ihm der Kellner entgegnete, er sollte doch langsam wissen, dass das nur die Kenner bekämen, welche die Spezialität des Hauses bestellten, und der Herr hier, den er noch nie die Ehre gehabt habe, in seinem Lokal zu bedienen, müsse ein Feinschmecker sein, dass er auf Anhieb herausgefunden habe, was man hier Besonderes essen könne.

Nun lachten alle links und rechts, und in freudiger Erwartung des Scherzes prosteten sie meinem Urgroßvater zu, der seinerseits in freudiger Erwartung seines Schübligs zurückprostete und sich nach dem ersten Schluck aufatmend den Bierschaum von seinem Schnurrbart wischte.

In diesem Augenblick schob sich ein noch eindrücklicherer Schnurrbart in sein Ge-

sichtsfeld. Er gehörte dem lombardischen Bartwichsenverkäufer, der sich neben ihm am Kopf des Tisches niederließ mit der Frage, ob hier besetzt sei. Mein Urgroßvater verneinte, aber der Lombarde hatte die Antwort ohnehin nicht abgewartet. Sogleich stand allerdings der Kellner da und sagte, zu trinken bringe er ihm gern etwas, aber zum Essen habe es hier keinen Platz, da er dem Herrn hier ein Extragedeck gemacht habe für die Spezialität des Hauses, die er ihm jetzt dann gleich servieren werde.

Der Lombarde, der sehr gut Deutsch sprach, bestellte sich einen halben Liter elsässischen Weißwein und fragte, was denn die Spezialität des Hauses sei. »Buchbrot«, sagte der Kellner, »Schüblig mit Buchbrot«, und die ganze Runde nickte vielversprechend, ein junger Kerl mit einer Schiffermütze hielt sich sogar die Fingerspitzen seiner linken Hand an den Mund und ließ sie mit einem schmatzenden Geräusch von den Lippen springen, so dass nun auch mein Urgroßvater langsam neugierig wurde, was das wohl für ein erle-

senes Brot sein mochte, das man hier für die Kenner bereithielt.

Der Schnurrbart des lombardischen Händlers, dessen Enden auf beiden Seiten weit ins Leere standen, wurde alsbald Gegenstand einiger Bemerkungen, in denen sich Bewunderung mit Spott mischte. Ob er daran seine Wäsche zum Trocknen aufhänge, fragte ein Holzflößer am oberen Ende des Tisches, doch da zog mein Urgroßvater, der die Flößer und ihre Witze kannte, die Bartwichse aus der Tasche, die er beim Lombarden gekauft hatte, hob sie in die Höhe und sagte, wenn sie die Schnurrbartenden damit einstrichen, würden sie so steif, wie ein gewisser Körperteil des Flößers schon lange nicht mehr werde.

Damit hatte er die Lacher auf seiner Seite, der Lombarde, der den Weißwein bekommen hatte, prostete ihm lächelnd zu und sagte, der Herr hier habe durchaus recht, wenigstens mit dem ersten Teil des Satzes, und dem Flößer, der sich mitten im Gelächter drohend erhoben hatte, möchte er, damit

sie nicht wegen einer Kleinigkeit in Streit gerieten, eine Musterdose seiner Bartwichse schenken. Diese Geste genügte tatsächlich zur Besänftigung des Erbosten, und während das Döschen nun von Hand zu Hand ging und man ihm kleine Proben entnahm, es auch prüfend an die Nase hielt, sagte der Händler, sollte jemand daran Gefallen finden, er habe noch mehr davon, 50 Centimes das Stück, und er nehme selbstverständlich auch Pfennige, so nahe der deutschen Grenze.

Das Döschen und der unglaubliche Beweis seiner Wirksamkeit im Gesicht des Lombarden hatten den Erfolg, dass dieser sofort drei Stück davon verkaufen konnte, worauf er sich gleich noch einen Halben vom Elsässischen kommen ließ, denn der Liter kostete 1.50.

»Platz da die Herrschaften für die Spezialität des Hauses!«, rief der dicke Kellner, und wäre dieser Satz im vorletzten Jahrhundert nicht nur gesprochen, sondern auch geschrieben worden, hätte man das Wort, für

welches da Platz verlangt wurde, zweifelsohne mit c geschrieben, Specialität.

Und die Specialität, die neben dem Schüblig in einer eigenen Schüssel aufgetragen wurde, einer zugedeckten Schüssel notabene, war wirklich derart speciell, dass ich sogar heute noch dankbar auf die Möglichkeit zurückgreife, das platte Eindeutschungsdampfwalzen-z durch ein distinguiertes c zu ersetzen.

Nun wurde es ringsum ruhig, und die Augen der halben Gaststube richteten sich erwartungsvoll auf die zugedeckte Schüssel, denn außer dem Lombarden und meinem Urgroßvater wussten alle, dass hier nicht die Specialität des Hauses aufgetischt wurde, sondern ein Scherz, und die Neugier, welchen Scherz sich der Kellner und der Koch, der inzwischen mit gerötetem Gesicht hinter dem Schanktisch erschienen war, ausgedacht haben mochten, war groß.

»Mein Herr«, sagte der Kellner, indem er den Teller mit der Wurst auf die Serviette vor meinem Urgroßvater hinstellte und dann

mit einer großen Geste nach dem Deckel der Schüssel griff, die er seinem Gast schon unter die Nase hielt – »Schüblig mit Buchbrot!«

Der nächste Abschnitt der Geschichte, der mit dem Öffnen des Deckels seinen Anfang nehmen wird, die entscheidende Wende sozusagen, erfordert zum Erzählen glatt nochmals ein Kapitel, das ich Sie nun aufzuschlagen bitte, damit Sie gemeinsam mit meinem Urgroßvater in die Schüssel schauen können, die der Kellner der Kleinbasler Kneipe so verheißungsvoll über dem Schübligteller schweben lässt.

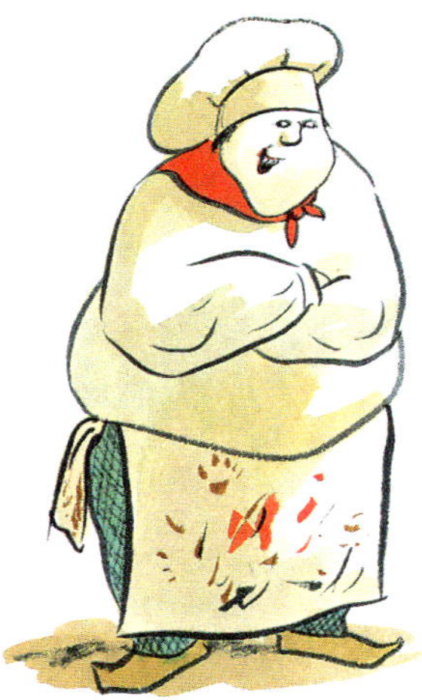

Viertes Kapitel

Woraus nun bestand, werden Sie sich fragen, die Spezialität des Hauses, die in Wirklichkeit ein Verleser meines Urgroßvaters war?

Als der Kellner, auf dessen Glatze feine Schweißperlen glänzten, mit einer Bewegung, welche Korpulenz in Eleganz verwandelte, den Deckel von der Schüssel hob, reckten sich die Köpfe der Nähersitzenden, während einige der Fernersitzenden sogar aufstanden, um zu einem Blick in die Schüssel zu kommen.

Noch war nicht genau zu erkennen, was sich unter der reichlichen weißen Sauce verbarg, aber jetzt fasste der Kellner mit einem großen Servierlöffel und einer zweizinkigen Gabel in die Schüssel hinein, und was er nun heraushob und auf den Teller legte, so dass es appetitlich dampfend und duftend neben

den Schüblig zu liegen kam, konnte nur eines sein, nämlich ein Buch.

Nach dieser Erkenntnis ging ein Aaah und Oooh durch die Runde, ringsum wurde anerkennend genickt, und alle warteten gespannt, was mein Urgroßvater tun würde.

Der schaute zuerst den Teller an, dann den Kellner, dann nochmals den Teller, und dann fragte er den Kellner:

»Und das ist also ein Buchbrot?«

»Wie ich Ihnen sagte«, antwortete der Kellner, »die Spezialität des Hauses.«

»Aha«, sagte mein Urgroßvater, den man sich – um nochmals zu wiederholen, was ich schon zu Beginn betont habe, – den man sich zur Zeit dieser Geschichte kaum älter als dreißig Jahre vorstellen darf, »aha«, sagte er, und nach dieser Interjektion nahm er Messer und Gabel in die Hand, stach ein erstes Stück des Schübligs an und fügte hinzu: »Das sieht eher nach Buch aus als nach Brot.«

»So ist das bei unserm Buchbrot«, sagte der Kellner, »guten Appetit!«, und entfernte

sich zum Nachbartisch, wo er scheinbar zu tun hatte, in Wirklichkeit aber halb abgewendet stehenblieb, um meinen Urgroßvater zu beobachten.

»Guten Appetit!«, rief nun die halbe Kneipe dem Esser zu, und der junge Mann mit der Schiffermütze war es, der als Erster nicht mehr an sich halten konnte und kichernd beifügte: »– bei deinem Buch!«

Damit war die Bresche geschlagen, und alle, welche die Szene mitverfolgt hatten, brachen in ein großes Gelächter aus, schlugen mit der Faust auf den Tisch, dass die Gläser wackelten oder hielten sich am Ellbogen ihres Nachbarn fest, und im Gelächter wurde das Wort »Buch« wiederholt, manchmal auch »Buchbrot« oder »Schüblig mit Buchbrot«, und alle waren sich einig, dass dem Kellner, welchem man anerkennend zuwinkte, ein wirklich guter Scherz gelungen war.

Doch mein Urgroßvater, der mir immer als äußerst eigenwilliger Mensch geschildert worden war, gab sich nicht so leicht geschla-

gen. Er setzte seine Brille auf, welche für die Nähe besser geeignet war als für die Weite, machte dann mit der Gabel das Buch, das aufgeschlagen neben der Wurst lag, zu, schabte mit dem Messer die Sauce vom Buchdeckel und las laut den Titel.

»So so«, sagte er, »La Cucina italiana – das trifft sich gut!«

Dann schlug er das Buch wieder auf, trennte mit dem Messer sorgfältig eine Seite heraus, faltete sie zweimal zusammen, stach dann mit der Gabel hinein, führte sie zu seinem Mund und begann das Blatt zu kauen.

Einen Moment lang war Stille ringsum, die Stille der Überraschung, bis der Schiffermützenmensch wieder losprustete und rief: »Er isst das Buch! Er isst es auf!«

Jetzt schwappte die zweite Gelächterwelle durch das Lokal, und nun erwischte es auch den Kellner, der sich bis jetzt zurückgehalten hatte, er wurde von einem Grinsen überwältigt, das von einem Ohr bis zum anderen ging, und sein ansehnlicher Bauch, der sich

über dem breiten Ledergürtel mit der Zahltasche wölbte, begann gewaltig zu wackeln, und hinter dem Schanktisch erkannte man nun auch den Koch, der die Hände in die Hüften stützte und mit gerötetem Gesicht mitlachte.

Mein Urgroßvater ließ das Gelächter ungerührt über sich ergehen, schöpfte sich etwas Senf aus dem Fässchen auf den Rand des Tellers, trennte eine weitere Seite heraus, gabelte sie auf und zerkaute sie gemächlich, schnitt sich ein Rädchen vom Schüblig ab, tunkte es in Senf, führte es ebenfalls zum Mund, schluckte dann offensichtlich alles hinunter und spülte mit einem Schluck vom Elsässerwein nach.

Das war der Augenblick, als der Kellner sich anschickte, den Scherz zu beenden, indem er sich vor meinem Urgroßvater hinstellte und ihn fragte, ob er nicht lieber Kartoffelsalat dazu hätte, er würde ihm einen offerieren. Gleichzeitig griff er nach dem Servierlöffel und wollte das Buch vom Teller des Gastes entfernen, aber da war er bei diesem an den Falschen gekommen.

»Das wäre ja noch schöner«, sagte er, »Spezialitäten hinstellen und dann gleich wieder wegnehmen. Schmeckt sehr gut, Ihr könnt es der Küchenmannschaft sagen.«

Mit diesen Worten schnitt er sich eine weitere Seite heraus und verspeiste sie wie die zwei andern, fuhr sich nachher mit der Serviette über Lippen und Schnurrbart und putzte auch noch einen kleinen Saucenspritzer weg, den seine herausgeschossene Nelke im Knopfloch abbekommen hatte.

Vielleicht wäre es doch besser, wagte der Kellner einzuwenden, wenn der Herr nicht das ganze Buch verspeisen würde, er könne nicht garantieren, dass ihm das wirklich zuträglich sei.

Was denn hier eigentlich los sei, sagte mein eigenwilliger Urgroßvater, indem er Messer und Gabel heftig auf den Tisch niederlegte, er habe Schüblig mit Buchbrot bestellt und jetzt esse er davon, so viel er wolle, und mit großem Geschick säbelte er sich ein nächstes Blatt ab und verschlang es.

Der Kellner, dem es nun immer weniger

wohl war, sagte, normalerweise servierten sie eben Schüblig mit Ruchbrot, und das mit dem Buchbrot sei sozusagen eine Ausnahme, etwas Besonderes, das es auch bei ihnen nicht alle Tage gebe.

Eben, sagte mein Urgroßvater, und weswegen er wohl den langen Weg von Sisseln nach Basel zur Messe mache, denk um etwas Besonderes zu bekommen, und er glaube bald, der einzige Feinschmecker hier im Lokal sei er, und sie alle hätten wohl noch nie davon gehört, was ein verspeistes Buch für eine besondere Wirkung habe auf den, der es aufesse.

Herausfordernd blickte er in die Runde, aber niemand wollte eine Antwort riskieren, auch als der Urgroßvater mit einem »Na?«, nachdoppelte.

»Also, dann muss ich es euch wohl erklären«, sagte er schließlich, machte sich nochmals eine Seite mundgerecht und biss hinein, dass sie knackte wie ein Salatblatt, und nun lassen wir ihn zuerst seine fünfte Seite zerkauen und hinunterschlucken, und weil ihm

das nicht ganz so leicht fällt, wie es den Anschein macht, möchte ich ihm dazu für den Rest dieser Seite Zeit lassen und Ihnen dann in einem fünften Teil erzählen, wie mein Urgroßvater seinerseits zum Angriff überging und sich mit der ganzen Gesellschaft einen Scherz leistete, von dem in Kleinbasel noch lange gesprochen wurde.

Fünftes Kapitel

Nach dem Zerkauen der fünften Seite nahm mein Urgroßvater die Serviette hoch, wischte sich damit die weiße Sauce genussvoll aus den Mundwinkeln und gab die Erklärung ab, was für eine Wirkung ein verspeistes Buch auf denjenigen habe, der es aufesse.

»Wer ein Buch isst«, sagte er, indem er selbstbewusst mit seinem Blick über die ganze Runde streifte, die ihn fragend anstarrte, »wer ein Buch isst, der weiß nachher alles, was drinsteht.« Und mit diesem Satz trennte er ein sechstes Blatt heraus, faltete es mit Messer und Gabel so zusammen, dass es eine mundgerechte Größe bekam, träufelte sich mit dem Löffel noch etwas weiße Sauce darüber, bevor er es langsam zu zerkauen begann.

Einen Augenblick lang herrschte verblüff-

tes Schweigen. Dann rief der Mann mit der Schiffermütze: »Hansi!« Das war der Name des dicken Kellners: »Ja?«, sagte dieser, der sich auch noch nicht von der Ungeheuerlichkeit der urgroßväterlichen Behauptung erholt hatte.

»Was habt ihr ihm für ein Buch gekocht?«

Hansi drehte sich um und suchte mit seinem Blick den Koch, den er zuletzt hinter dem Schanktisch gesehen hatte.

»Stöff!«, rief er ihm zu, »hast du gehört? Wie das Buch hieß?«

Der Koch gab nun bekannt, dass es sich um ein Buch handelte, das von seinem Vorgänger stamme, welcher Italiener gewesen sei und vor Jahren plötzlich an einem Schlagfluss verstorben sei. Ein Buch über die italienische Küche sei es, aber da es auf italienisch geschrieben sei, könne er nichts damit anfangen, außer, sagte er kichernd, wenn wieder einmal eine Spezialität des Hauses verlangt werde.

»Ich hab's ja gesagt«, murmelte mein Urgroßvater kauend, »La Cucina italiana«, und

schluckte sein sechstes Blatt mit Feinschmeckermiene hinunter. »Prost!«, fügte er bei und hob sein Glas mit dem Elsässerwein, nahm einen großen Schluck und schnitt sich dann ein Rädchen des Schübligs ab, nach dem sein Magen dringend verlangte.

»Dann kannst du italienisch?«, fragte der Holzflößer, mit dem sich der Urgroßvater den Scherz mit dem steifen Körperteil erlaubt hatte.

Der Urgroßvater lächelte frech auf diese Frage, nahm sich seine Brille ab, um die beschlagenen Gläser mit seiner Serviette zu putzen, und gab dem Flößer zur Antwort: »Bis vor einer Viertelstunde noch nicht.« Dann setzte er die Brille wieder auf und begann sorgfältig mit der Abtrennung des siebten Blattes aus dem italienischen Kochbuch.

»Also Hansi«, sagte der Mann mit der Schiffermütze, entschlossen, den Scherz, der sich nun gegen die Pintenbesucher zu richten drohte, wieder auf den ursprünglichen Kurs zurückzubringen, und der ursprüngliche Kurs war der, dass man sich auf Kosten

eines dümmlichen Landeis den Buckel volllachen konnte. »Also Hansi, dann hol doch einmal euren Küchenburschen, der ist doch Italiener, oder?«

Dieser Vorschlag wurde allgemein gutgeheißen, der Kellner gab ihn an den Koch weiter, welcher den Namen Giovanni nach hinten rief, oder vielleicht auch Giuseppe oder Giancarlo, oder nein, bleiben wir bei Giovanni, jedenfalls ein geläufiger Italienername, und es wird Sie nicht erstaunen, wenn der genannte Küchenjunge, den wir unter dem Türrahmen der Küche beim Schanktisch erscheinen lassen, klein, schmal, kraushaarig und fröhlich war und sich die Hände an einer schmuddeligen Schürze abtrocknete, indem er fragend in die erwartungsvollen Gesichter blickte. Nun war die ganze Besucherschaft des Lokals nur noch dem Fortgang dieses Scherzes zugewandt, sämtliche Männer an den hinteren Tischen hatten sich inzwischen erhoben, um besser mitverfolgen zu können, wie es weiterging.

Es liege ein halber Liter Elsässerwein für

ihn drin, sagte der Schiffermützenmensch unternehmungslustig zu Giovanni, sie bräuchten jemanden, der Italienisch könne, weil hier einer sitze, der soeben Italienisch gelernt habe, und zwar wie der Blitz, und er möchte nun, um ganz sicher zu sein, eine kleine Prüfung mit ihm machen.

Giovanni schätzte die Stimmung im Lokal ab und hatte das Gefühl, er könne die ihm zugedachte Rolle übernehmen, ohne ins Unheil einer Schlägerei hineinzulaufen, und für einen halben Liter Weißwein war er im Hitzedunst der Küche gern zu haben, also nickte er und kam durch die Gasse, die sich sogleich für ihn bildete, zum Tisch meines Urgroßvaters.

»Gut«, sagte der Mann mit der Schiffermütze zu dem unerschütterlichen Esser, dessen Kiefer bereits das siebte Blatt bearbeiteten, »was heisst …«, – nun zögerte er einen Moment, weil ihm kein Wort in den Sinn kam, das er ihn fragen könnte, bis sein Blick auf dem Teller mit der Spezialität des Hauses stehenblieb –, »was heißt Teller auf Italienisch?«

Mein Urgroßvater erhob seinen Zeigefinger, um anzudeuten, er müsse zuerst sein siebtes Blatt hinunterschlucken, obwohl er in Wahrheit nur Zeit gewinnen wollte, denn er konnte zwar manches, aber Italienisch konnte er nicht, doch als er danach seinen Mund öffnete, sprach es deutlich aus ihm heraus: »Il piatto.«

Fragend wandten sich alle Blicke zu Giovanni, und fragend wandte sich auch der Blick meines Urgroßvaters zu Giovanni, welcher sogleich bestätigend nickte und lächelnd das Wort wiederholte, das soeben meinem Urgroßvater entstiegen war, il piatto.

»Prost«, sagte mein Urgroßvater und erhob sein Weinglas, aber ringsum waren alle so baff, dass ihm niemand zuprostete außer dem lombardischen Bartwichsenhändler neben ihm, der ihn anerkennend anblickte und ihm aus seiner Karaffe das Glas wieder vollgoss, das mein Urgroßvater leergetrunken hatte.

Inzwischen hatte der Prüfende beim Blick auf den Tisch ein weiteres Wort entdeckt,

das er dem Bücherfresser vorlegen wollte. »Messer!«, rief er ihm zu und beobachtete ihn sehr genau, ob er nicht auf irgendein Hilfsmittel schiele.

Mein Urgroßvater aber verhielt sich wie beim ersten Mal, er hob seinen Zeigefinger, wartete ein bisschen, schloss dazu sogar noch die Augen, schaute sozusagen innerlich in seinen Magen hinunter, öffnete dann Mund und Augen gleichzeitig, und aus ihm heraus kam das Wort »il coltello.«

»Il coltello«, sagte Giovanni, nickte und fügte ein »bravo« hinzu.

»Gabel!«, schrie von weiter hinten einer, und es verwunderte niemanden mehr, dass Urgroßvaters Lippen nach demselben kleinen Ritual das Wort »la forchetta« artikulierten.

Bevor sich das bewundernde Raunen allzu sehr verbreiten konnte, pflanzte sich der Holzflößer vor meinem Urgroßvater auf und sagte, dies seien alles Küchenwörter gewesen, und das sei bei einem Kochbuch nicht erstaunlich, aber er frage ihn jetzt ein anderes Wort, um

zu sehen, ob man mir nichts dir nichts italienisch lerne, wenn man ein paar Seiten eines italienischen Buches fresse, nämlich Baumstamm, he? Was heißt Baumstamm? Steht das auch in deinem Kochbuch?

Diesmal hob mein Urgroßvater beide Hände, um anzudeuten, dass er für dieses Wort absolute Ruhe und Konzentration brauche, worauf der Geräuschpegel sofort merklich sank, dann schloss er seine Augen, horchte in sich hinein, und ich möchte ihn jetzt, wo es gerade so schön ruhig geworden ist in der Kleinbasler Kneipe, einen Moment lang so sitzen lassen, denn es scheint mir eine schöne Stellung zu sein, ich habe sie soeben selbst eingenommen und kann sie Ihnen auch empfehlen, wenn Sie einmal in sich hineinhorchen wollen, und vielleicht wollen Sie auch bloß nachschauen gehen, was Baumstamm auf Italienisch heißt, und sonst drehen Sie doch einfach die Seite, einer von beiden wird es Ihnen dann schon sagen, entweder mein Urgroßvater oder der Giovanni.

Sechstes Kapitel

Nun, wir haben unsern Urgroßvater unmittelbar vor der Beantwortung einer schwierigen Frage sitzen lassen, die ihm der Holzflößer stellte, den er vorher fast beleidigt hatte, d.h. eigentlich hatte er ihn wirklich beleidigt, doch der lombardische Bartwichsenverkäufer an seiner Seite hatte die Beleidigung durch das Verschenken einer Bartwichse wieder entschärft, aber irgendetwas bleibt ja trotzdem hängen, und so kommt es nicht von ungefähr, dass wir die Figur des Holzflößers, der sich also vor meinem Urgroßvater aufgepflanzt hatte, als bedrohlich empfinden müssen, und ich hoffe sehr, dass diesem, während er mit erhobenen Händen um Ruhe und Konzentration gebeten hatte, die Antwort auf die Frage in den Sinn gekommen ist, die Frage nämlich, was Baumstamm auf Italienisch heiße, he?

Bedächtig senkte er seine Hände, öffnete den Mund, und kaum hatten die Umstehenden »il tronco« gehört, nickte Giovanni und wiederholte auch dieses Wort, il tronco, der Baumstamm, da gab es keinen Zweifel, und der Flößer schlug sich mit der rechten Faust auf die Fläche seiner linken Hand und sagte dazu: »Gottstromi, der kann's!« Gottstromi war ein Kraftausdruck, wohl zusammengezogen aus »Gott straf mich«.

Nun wollte es auch Stöff, der Koch wissen, der inzwischen in der Nähe des Tisches stand, mit der Hand auf der Schulter des Kellners, welcher das Ganze angezettelt hatte. Mit Stentorstimme schrie er um Ruhe und fragte dann den Gast, ob man nun von den Aufgaben für Anfänger zu den Aufgaben für Fortgeschrittene übergehen könne.

»Bitte«, sagte mein Urgroßvater mit allergrößter Ruhe, »bitte sehr«, und schnitt sich erneut ein Blatt des Buches zurecht, wendete es in der Sauce hin und her, steckte es in den Mund, ließ ein Stück Schüblig folgen und begann alles langsam und genüsslich zu

kauen, während er seine Augen auf den Examinator richtete.

Dann möchte er, sagte dieser, statt einzelner Wörter ganze Sätze hören, und einer der wichtigsten Sätze sei, nach allem, was er über die italienischen Weiber gehört habe: »Fräulein, wollen Sie mit mir vögeln?«

Ein gewaltiges Gelächter brandete durch den Saal, von allen Tischen hörte man Zustimmung, ja, das wolle man wissen, genau das, und von ganz hinten rief einer, wenn dieser Satz im Buch stehe, fresse er einen Besen, und sein Nachbar fügte grinsend hinzu, und er ficke einen Besen, und knallte dem andern die Hand auf den Rücken, dass diesem das Bier aus dem Mund sprühte.

Mein Urgroßvater ließ sich in keiner Weise von der ausgelassenen Stimmung beeindrucken, sondern wartete kauend ab, bis es ruhiger wurde. Dann sagte er zum Koch, man sehe, dass er noch keine halbe Seite von diesem Buch gegessen habe, obwohl es doch die ganze Zeit in seiner Küche gestanden haben müsse, denn von Italien verstehe er offenbar

nichts, und von den italienischen Weibern weniger als nichts, sonst wüsste er, dass es genüge, einer Frau eine solche Frage zu stellen, und schon schnelle hinter der nächsten Hausmauer irgendein Giuseppe hervor und stoße ihm ein Messer in seinen Ranzen, und zwar so – und er stand blitzschnell auf und stieß dem Koch einen Finger zwischen die Rippen –, »und dann machen sie Gulasch aus dir.«

»Oder sie hauen dir deinen Schüblig ab!«, krähte der Kerl, der den Besen ficken wollte, von hinten, und das Gelächter wollte kein Ende nehmen, bis mein Urgroßvater, der immer noch stand und gegenüber Koch und Kellner von beängstigend kleinem Wuchs war, die Hände hob und sagte, sie sollten aufhören, über den Koch zu lachen, schließlich hätten sie alle auch diesen Satz hören wollen und seien somit genauso ahnungslos, und er wolle nur nicht schuld daran sein, dass im nächsten Frühling einer von ihnen in Venedig ins Messer hineinlaufe, denn über die Ehre gehe den Italienern nichts, hab ich recht, Giovanni?

Giovanni sagte sofort mehrmals ja, weil er bereits die Schlägerei witterte, um die er herumzukommen gehofft hatte, als er für einen halben Liter Elsässer die Übersetzerrolle angenommen hatte, oder vielmehr die des Kronzeugen des italienischen Sprachschatzes.

Zum Koch gewendet, der soeben noch einen halben Kopf größer geworden war, sagte mein Urgroßvater nun, er möchte ihm seinen Satz trotzdem dolmetschen, aber eben so, dass er, der Koch, keinen Schaden nehme, wenn er damit nach Italien gehe. Es gebe natürlich, sagte er, verschiedene Möglichkeiten, sich etwas anständiger auszudrücken, und er strich sich dabei mit der linken Hand über den Schnurrbart, blickte dazu abwägend an die Decke und sagte dann plötzlich, als wäre er von seinem eigenen Entschluss überrascht: »Signorina, vuol bere un caffè con me?«

Ein Raunen ging durch die Gaststube, und der Koch stieß nun seinerseits den Küchenburschen in die Rippen und fragte ihn, ob

das überhaupt etwas heiße, und Giovanni nickte fröhlich und sagte, das heiße, Fräulein, wollen Sie mit mir einen Kaffee trinken, und das sei eine gute Frage, eccelente, fügte er mit einem Blick auf meinen Urgroßvater hinzu.

Dieser benutzte den Moment der Entspannung, um sich, immer noch stehend, an die ganze Wirtshausgesellschaft zu wenden. Da sie jetzt zur Genüge gesehen hätten, wie die Wirkung dieses Buches sei, verkündete er, würde er jedem, der gerne in kurzer Zeit Italienisch lernen möchte, etwas von dem Buch verkaufen, die Seite zu einem Franken, das sei nicht zu viel verlangt, wenn man dafür eine ganze Sprache in den Bauch geliefert bekomme.

Als sich nun einer nach dem andern aus der Gästeschar zu meinem Urgroßvater drängte und sich eine Seite aus dem Buch heraustrennen ließ – den Anfang machte der Bursche mit der Schiffermütze, der gleich zwei Blätter nahm, eins für mein Fräulein, wie er augenzwinkernd sagte –, bemerkte der Koch

sehr laut zum Kellner, wie er das finde, dass der da nun das Buch aus ihrer Küche einfach weiterverkaufe.

Statt des Kellners antwortete der Urgroßvater ebenso laut und hörbar, wenn er einen Schüblig mit Buchbrot bestelle und auch bezahle – und damit legte er dem Kellner drei Franken für die Spezialität des Hauses und den Wein hin –, dann könne er nachher damit machen, was er wolle, und Grütze auf dem Teller sei eben nicht dasselbe wie Grütze im Kopf. Während sich der Koch brummend in die Küche zurückzog und Giovanni beim Kellner seinen Halben Weißwein einzog und sogleich zu trinken begann, lief das Geschäft meines Urgroßvaters hervorragend, denn manch einer von den Anwesenden hatte schon von irgendwoher gehört, dass das Verschlucken von Buchseiten das Lernen ersetze, aber so hautnah hatten sie es noch nie vorgeführt bekommen.

Als die Ersten ihre Seiten zu kauen begannen, sichtlich gegen Ekel ankämpfend, denn ein stockfleckiger alter Schmöker wird auch

durch die beste Sauce nicht zum Kopfsalat, fand es mein Urgroßvater an der Zeit, an den Aufbruch zu denken. Er putzte sorgfältig die weiße Sauce mit der Serviette von seinem Buch ab, wickelte dieses in sein großes Taschentuch, rückte die Nelke im Knopfloch zurecht, erhob sich, verbeugte sich kurz nach allen Seiten, wünschte guten Appetit für die Cucina italiana, und wenn er übers Jahr wiederkomme, unterhielten sie sich nur auf Italienisch zusammen, und dann winkte er mit der linken Hand in die Runde und verließ würdevoll, aber nicht unschnell die Kleinbasler Pinte, um den Weg zur mittleren Rheinbrücke einzuschlagen.

Es wird Sie jedoch nicht erstaunen, dass seiner noch eine kleine Überraschung wartete, denn so leicht kann sich keiner aus einem Scherz davonstehlen, den er zu seinen Gunsten umgebogen hat, und den er nicht einmal genau verstanden hat, denn mein Urgroßvater wusste selbst nicht, woher sein Italienisch kam, und es wird Sie auch nicht erstaunen, dass ich hier das Kapitel ab-

schließe, hoffend, dass er den Weg zur mittleren Rheinbrücke finde, und dass die Überraschung nicht zu seinem Schaden ausschlagen werde, und wer weiß, ob es überhaupt eine Überraschung für ihn sein wird – der zügige Schritt, mit dem er jetzt dem Rhein zustrebt, das halb ausgekernte italienische Kochbuch unter dem Arm, deutet eher darauf hin, dass er schon irgendetwas ahnt.

Siebtes und letztes Kapitel

Willkommen, liebe Leserin, lieber Leser, herzlich willkommen zum letzten Kapitel, in dem mein Urgroßvater schnellen Schrittes der mittleren Rheinbrücke zustrebt! Da sehe ich ihn, wie er aus der Gasse, in der sich die Kneipe befand, um die Ecke biegt und nun, immer noch forsch, aber einen Hauch gelassener, über diese Brücke zu marschieren beginnt, ohne einen Blick auf das dunkle Wasser zu werfen, das auf seiner unausweichlichen Reise nach Holland dahinfließt, während er, mein Urgroßvater, bloß die Reise nach Sisseln antreten muss, wo er zu Hause ist, fünf Stunden zu Fuß, in den etwas zu kleinen Schuhen seines frisch verstorbenen Onkels, und wenn er am frühen Morgen dort eintreffen wird, wird er etwas zu erzählen haben, denn man hat ihm, der hier die große Herbstmesse besuchte, in ei-

ner Kleinbasler Pinte einen Streich gespielt, den er zu seinem Vorteil ummünzte, konnte er doch zur Verwunderung des Kneipenpublikums jedes der ihm vorgesetzten Prüfungswörter, ja sogar einen ganzen Satz mühelos auf Italienisch hersagen.

Am meisten verwundert darüber war mein Urgroßvater selbst, der es sich eigentlich nicht erklären konnte, der aber einen Zusammenhang mit dem lombardischen Bartwichsenverkäufer, welcher neben ihm am Tische Platz genommen hatte, ahnte, und diese Ahnung sollte sich nicht als falsch erweisen, denn nun sehe ich auch den Lombarden aus der Gasse auftauchen und den Weg über die mittlere Rheinbrücke antreten, und schon hat er mit seinem Blick meinen Urgroßvater erfasst, der, mit dem Rest des Buches unter dem Arm und seinem Spazierstock mit dem silbernen Knauf, den er von Zeit zu Zeit munter schwingt, das andere Ufer des Rheins zu erreichen trachtet.

Doch zurück ins Imperfekt: Gerade war er am Käppelijoch, der kleinen Kapelle, welche

die Mitte der Brücke zierte, vorbeigegangen, als er einen leichten Klaps auf der Schulter spürte. Sich umdrehend, erblickte er das ihm wohlbekannte Gesicht des lombardischen Bartwichsenverkäufers, der ihn grinsend anschaute und ihm gratulierte, dass er so schnell italienisch gelernt habe. »Da staunst du, gell?«, gab mein Urgroßvater zurück, indem er seinen Schritt wieder etwas beschleunigte, »die einen müssen Bücher lesen, die andern brauchen sie nur zu fressen.«

Ja, sagte der Lombarde, aber mit dem Fressen sei es auch nicht getan, man brauche dann noch jemanden, der das Gefressene richtig sage, und dieser eine sei, wie er ja wohl bemerkt habe, niemand anderer als er selbst, der Lombarde, gewesen, der neben andern Künsten auch die der Bauchrednerei beherrsche, und er schlage ihm vor, seinen Gewinn aus den verkauften Blättern zu halbieren, das sei nichts als gerecht.

Mein Urgroßvater gab sich ebenso erstaunt wie dankbar. Das also sei des Rätsels Lösung, geahnt habe er es, aber sicher sei er nicht

gewesen, und selbstverständlich trete er ihm seinen Anteil ab, und er schlage vor, das Geschäft in der nächsten Gaststube zu erledigen, wo sie auch noch einen auf ihre unerwartete Zusammenarbeit anheben könnten. Mit diesen Worten betrat er das erste Gasthaus auf der andern Seite des Rheins, das damals noch dort war, wo heute ein Modehaus steht, und den Namen »Vogel Gryff« trug. Der Lombarde hätte die Sache zwar lieber draußen hinter sich gebracht, aber mein Urgroßvater war derart flink in die Wirtschaft eingetreten, dass der andere keine Wahl hatte und ihm folgen musste.

Gerade waren zwei Gäste aufgestanden, in diesem Lokal, das deutlich gepflegter und somit auch teurer war, der Halbe Elsässer kostete hier zwei Franken, und mein Urgroßvater bestellte sogleich einen ganzen Liter, ein gutes Geschäft müsse auch gut begossen werden, sagte er und schlug dem Lombarden lachend auf die Schulter. Als der Liter auf dem Tisch stand, gebracht von einer üppigen rothaarigen Kellnerin, die vom un-

glaublichen Schnurrbart des einen Gastes spürbar beeindruckt war, leerte mein Urgroßvater das erste Glas auf einen Schluck und schenkte sich sogleich nach, während der Lombarde etwas vorsichtiger trank.

Leider, sagte mein Urgroßvater, wisse er gar nicht mehr, wie viele Seiten er vom Buch verkauft habe. Der bauchredende Bartwichsenverkäufer hatte aber mitgezählt, gab dies wenigstens vor, es seien, sagte er, genau 42 Seiten gewesen, ein sehr gutes Geschäft also, und das mache dann 21 Franken für jeden von ihnen, und er fände es am besten, er würde ihm das Geld gleich hier auf den Tisch zählen.

Das finde er auch, sagte der Urgroßvater, der damals, um dies nochmals in Erinnerung zu rufen, ein junger Mann war, und legte seinen Geldbeutel auf den Tisch, doch dann veränderte sich sein Gesichtsausdruck plötzlich.

»Ich muss erbrechen«, sagte er leise zu seinem Kumpanen, »ich hab doch zu viel von dem Buch gegessen«, und er begann zu würgen.

»Nicht auf den Tisch«, sagte der Lombarde, »geh raus auf den Abort, ich passe auf deinen Geldbeutel auf.«

Schnell erhob sich mein Urgroßvater, ließ den Rest des verspeisten Buches und seinen Geldbeutel auf dem Tisch des Lombarden liegen und begab sich, mit leicht gekrümmtem Oberkörper, eine Hand auf dem Magen, zur Tür hinaus in Richtung der Aborte.

Als er nach zehn Minuten noch nicht wieder zurück war, erhob sich der Lombarde, um nach ihm zu schauen, aber da trat ihm die rothaarige Serviertochter in den Weg und sagte lächelnd: »Zuerst zahlen, schöner Herr.«

Es nützte nichts, dass er sagte, er wolle nur nach seinem Freund sehen, dem es übel geworden sei, die Serviertochter beharrte auf der Zahlung, denn es sei, sagte sie, schon manchem übel geworden, wenn er hätte zahlen müssen, und der Weg zum Abort sei auch der Weg nach draußen, und ein Liter koste vier Franken, und das sei er auch wert.

Kurz entschlossen öffnete der Lombarde die Geldbörse meines Urgroßvaters und erblasste, als diese nur eine Mischung aus Kieselsteinen und Hosenknöpfen enthielt. Sofort war ihm klar, dass sein Geschäftspartner an allen möglichen Orten sein mochte, aber ganz sicher nicht auf dem Abort des Gasthauses »Vogel Gryff«.

Zähneknirschend bezahlte er die vier Franken von seinem eigenen Geld, ging wie zum Trotz dennoch auf den Abort, fand dort natürlich keinen Urgroßvater, ebensowenig roch es nach Erbrochenem, denn mein Urgroßvater hatte einen guten Magen, der auch noch ein paar Buchseiten mehr vertragen hätte.

Da mein Urgroßvater ein misstrauischer Mann war, steckte er sein Geld grundsätzlich nicht in einen Geldbeutel, den er aber für den Fall eines Straßenraubes immer bei sich trug, mit eben der Füllung, welche sein Zufallscompagnon gerade entdeckt hatte.

Als der Lombarde wieder hinaustrat in die kühle Basler Nachtluft, sah er von der an-

dern Seite der Rheinbrücke den Menschen mit der Schiffermütze in schnellem Schritt herannahen, zusammen mit zwei, drei andern Gästen der Kleinbasler Schenke, und sie sahen aus wie Menschen, die soeben die Entdeckung gemacht hatten, dass das Verschlingen einer Seite aus einem italienischen Buch noch nicht genügt, um italienisch zu lernen, und sie sahen nicht so aus, als wollten sie diese Erkenntnis ungerächt lassen, und deshalb konzentrierte sich der lombardische Bauchredner auf seine eigene Sicherheit und verdrückte sich hurtig in eines der Gässchen, das zum Münster hinaufführte, ohne einen weiteren Gedanken an die Verfolgung meines Urgroßvaters zu verschwenden.

Der wanderte unterdessen schon wieder rheinaufwärts zurück in sein Heimatdorf, und er war sehr zufrieden mit dem heutigen Tag, denn er hatte eine Schießbudenpapiernelke im Knopfloch, und in den Taschen seiner Weste trug er ein französisches Parfum für seine Frau, ein Päcklein Messmocken für seine fröhliche Tochter Anna, meine Groß-

mutter, eine Dose lombardische Bartwichse für sich selbst, und vor allem 42 harte Franken aus dem Erlös eines Buches, von dem er einige Seiten verspeist hatte, aus Unnachgiebigkeit und Selbstachtung und aus der Überzeugung heraus, dass jeder Witz, der mit einem gemacht wurde, in einen Witz verwandelt werden konnte, den man seinerseits mit den andern machte, und das war ihm heute gelungen, und deshalb kehrte er heiteren Gemütes im Mondschein nach Sisseln zurück und sang dabei die Lieder, die er mit seinen Freunden im Männerchor zu singen pflegte, »O Täler weit, o Höhen«, »Im Aargau sind zwöi Liebi« und »Furchtlos schreitet der kräftige Mann«, und so möchte ich ihn schreiten lassen, zurück bis nach Sisseln, zurück durch zwei Weltkriege bis in die vorige Jahrhundertwende, zurück in die Vergangenheit, aus der ich ihn für sieben Kapitel hergeholt habe, und ich hoffe, ihr habt ihn auch ein bisschen liebgewonnen, wie ich, der ich nicht ohne Rührung an ihn denken kann.

*

Franz Hohler (Hrsg.)

112 einseitige Geschichten

128 Seiten. 2007
ISBN 978-3-630-62000-8

» ›112 einseitige Geschichten‹ nennt Franz Hohler seine gelungene Sammlung, die sich der ›Macht der Witzigkeit‹ zunutze macht und damit eine Welt von Fabeln, Gräueltaten und Nichtigkeiten errichtet, die wunderbar vielseitig und wunderbar einfach ihre Kreise zieht.«
Frankfurter Allgemeine Zeitung

»Zur raschen Belebung des Geistes höchst geeignet.«
Frankfurter Allgemeine Zeitung

Franz Hohler

Die Karawane am Boden des Milchkrugs

Groteske Geschichten. 144 Seiten. 2006
ISBN 978-3-630-62068-8

»Das zutiefst subversive Potential von Hohlers ›Geschichten‹ könnte darin liegen, dass der Autor nie entstellt oder überzeichnet. Er registriert, was er im Nachschauen findet, mehr nicht (...).«
Neue Zürcher Zeitung

»Franz Hohler ist nicht nur unerschöpflich an Einfällen, seine Texte zielen hier auf die ›Ausfälle‹ der menschlichen Vernunft. Er führt seine Geschichten mit Humor und Spannung in eine Wahrheit, der wir uns nicht verschließen können.«
Aargauer Zeitung

Franz Hohler

Vom richtigen Gebrauch der Zeit

Gedichte. 96 Seiten. 2006
ISBN 978-3-630-62083-1

»Eine kleine, rotgefasste Kostbarkeit, die jede Minute wert ist, die man mit ihr, in ihr verbringt.«
Neue Zürcher Zeitung

»Wenn Hohler vom Abschied, vom Warten oder vom Träumen schreibt, so hat das etwas Tröstliches. Denn das sind alles Dinge, die alle Menschen irgendwie betreffen. Egal welcher sozialer oder geografischer Herkunft.«
Blick

Franz Hohler

Die Torte und andere Erzählungen

208 Seiten, gebunden, 2005
ISBN 978-3-630-87151-6

»Es ist die hintersinnig-abgeklärte Liebe zum Leben, von der die Geschichten durchdrungen sind. Die gewisse unmögliche Möglichkeit, vom Ereignis zu sprechen: Franz Hohler hat sie ergriffen.«
Die Zeit

»Grandiose Geschichten.«
Tages-Anzeiger

»Er kann das: schalkhaft die Wirklichkeit in Fantasie aufgehen lassen.«
Aargauer Zeitung